LA

MAL'ARIA

DRAME

EN UN ACTE EN VERS

PAR

LE MARQUIS DE BELLOY

PARIS

MICHEL LÉVY FRÈRES, LIBRAIRES-ÉDITEURS

RUE VIVIENNE, 2 BIS

1853

LA MAL'ARIA

DRAME

Représenté pour la première fois à la Comédie-Française
le 25 février 1853.

DU MÊME AUTEUR

En vente :

KAREL DUJARDIN, comédie en un acte et en vers.
PYTHIAS ET DAMON, comédie en un acte et en vers.

Sous presse

LE CHEVALIER D'AÏ, ses aventures et ses poésies. un volume.

PARIS. — IMPRIMERIE J. CLAYE ET Cᵉ, RUE SAINT-BENOIT, 7.

LA MAL'ARIA

DRAME

EN UN ACTE ET EN VERS

PAR

LE M^IS^ DE BELLOY

Ricordi ti di me che son la Pia,
Sienna mi fè, disfece mi Maremma
Sal' si colui che' nnanellata pria
Disposando m'avea con la sua gemma.

DANTE, *Purg.*, c. V.

Souviens-toi de moi qui suis la Pia. Sienne m'a faite, la Maremme m'a défaite.

Il le sait bien celui-là qui, jadis, avait, en m'épousant, passé à mon doigt son anneau de pierreries.

Trad. de BRIZEUX.

PARIS
MICHEL LÉVY FRÈRES, LIBRAIRES-ÉDITEURS
RUE VIVIENNE, 2 BIS.

1853

PERSONNAGES

LE COMTE NELLO DELLA PIETRA, gentilhomme de Sienne.	MM. GEFFROY.
DOM COSIMO, prieur d'un couvent du voisinage.	MAUBANT.
FLAVIO, homme d'armes au service du comte.	TRONCHET.
LA COMTESSE PIA DE TOLOMMEI, femme du comte Nello della Pietra	Mmes MADELEINE BROHAN.
MILA, jeune fille au service de la comtesse.	THÉRIC.

La scène est dans la Maremme Toscane, où le comte Nello della Pietra exerçait les fonctions de préteur, vers le milieu du XIVe siècle.

LA MAL'ARIA

Le théâtre représente une salle d'un château-fort. Au fond, la porte principale ; à gauche, celle de l'appartement de la comtesse ; à droite, une fenêtre ou arcade grillée ; du même côté, sur le devant de la scène, un fauteuil ou chaire gothique ; et auprès, à droite, une table.

SCÈNE PREMIÈRE.

LE COMTE, seul, assis, un manuscrit relié à la main.

Ce quatorzième siècle est l'âge des savants,
Ils ne laisseront rien à dire à leurs enfants.
Plus de secrets pour eux, leur génie est sans bornes,
Ils ont tous fait de l'or, ils ont vu des licornes ;
Mais, les plus estimés, pour de bonnes raisons,
Ce sont tous ces nouveaux inventeurs de poisons.
Italie, ah! parfois ta grandeur m'épouvante.
Que nous méritons bien l'anathème du Dante!

. . . .

Il pose le livre sur la table, et se lève.

Ce moine veut-il donc rester là jusqu'au soir?

Voyant le prieur qui sort de chez la comtesse.

Enfin?...

SCÈNE II.

LE PRIEUR, LE COMTE.

LE COMTE.

Eh bien! prieur, vous avez pu la voir;

Médecin renommé, prêtre que l'on vénère,
Devrai-je à vos conseils une épouse si chère?
Vous ne répondez pas... ce geste... ce regard?...

LE PRIEUR.

Monseigneur, vous m'avez fait appeler bien tard.

LE COMTE.

Bien tard! ah! vous avez des paroles de glace!
Parlez, dites-moi tout. Quel danger nous menace?
Depuis trois jours au moins qu'on vous a fait quérir,
Ses yeux semblaient revivre et son teint refleurir;
Elle a parlé, souri, bien qu'un peu languissante,
Et nous la voyions tous déjà convalescente.
Quel souffle en un matin est venu tout changer?

LE PRIEUR.

N'en croyez point, seigneur, cet éclat passager:
Comme un signe fatal, l'art nous dit de le craindre.
La mort, parfois aussi, se déguise et sait feindre.

LE COMTE.

La mort! Et nul moyen?...

LE PRIEUR.

Un seul.

LE COMTE.

Parlez, j'attends.
Que faire?

LE PRIEUR.

L'emmener, s'il en est encor temps,
L'arracher, dès demain, ce soir, à l'instant même,
A l'air empoisonné qu'exhale la Maremme.

LE COMTE.

La Mal'aria, si tôt? Quelque indice trompeur...

LE PRIEUR.

Je ne m'abuse point.

LE COMTE.

Ah! vous me faites peur.
— Tout aux soins importants qui, loin de la patrie,
Retenaient près de moi cette épouse chérie,
Occupé de vassaux trop longtemps négligés,
Distrait par leurs besoins, j'oubliais ses dangers.
Nous partirons demain... Et pourtant, plus j'y pense,
Et sauf tout le respect que j'ai pour la science,
Vous, prieur, étranger, dit-on, homme du Nord,
Depuis longtemps ici, vous défiez la mort,
L'affrontant chaque jour; d'où vient donc, je vous prie,
Que le mal, à ce point, en ses effets varie,
Et qu'il ait plus agi, d'après ce que j'entends,
Sur ma femme en six mois que sur vous en vingt ans?
Autre chose...

Il va se rasseoir.

LE PRIEUR.

En effet : oui, l'air de la Maremme
Se complique d'un mal dont la source est la même :
L'affreuse nostalgie, autre poison secret,
Qui rend l'œil fixe, ardent, le sourire distrait,
Et par les visions d'une fièvre incessante,
Exalte nos regrets de la patrie absente,
Nous la rend tout à coup, dans un rapide éclair,
Mirage d'un instant, songe au réveil amer,
Qui d'un esprit malade assombrit la tristesse.
Voilà surtout le mal dont se meurt la comtesse,
Et que peut arrêter un prompt éloignement,
La ville et ses plaisirs...

LE COMTE.

Achevez : un amant.

LE PRIEUR.

Comte!...

LE COMTE.

Oh! ce que j'en dis n'est pas à votre adresse.
Je n'entends pas non plus accuser la comtesse;
Mais irait-elle ainsi, se mourant de langueur,
Si l'amour d'un époux suffisait à son cœur?
Une image lointaine, un souvenir peut-être...
De ses rêves, parfois, notre esprit n'est pas maître.
Oh! vous n'en savez pas, là-dessus, plus que moi!
Dit-on au confesseur ce qu'on tait même à soi?
Le silence, en tel cas, n'est pas un sacrilége.

LE PRIEUR, avec dédain.

Comte della Pietra, vous me tendez un piége.

LE COMTE.

Docteur Dom Cosimo, l'on se moque de nous :
Quant à moi, Dieu le sait, bien que triste et jaloux,
J'estime sans réserve et j'honore ma femme;
Mais quelqu'un la conseille, et je sais ce qu'on trame;

Il se lève.

Le complot, je le vois, était mûr aujourd'hui.
L'on s'ennuie à mourir, on ne meurt pas d'ennui.

LE PRIEUR.

Et vous pensez que j'aide au succès de la ruse?

LE COMTE.

Vous, prieur? nullement. C'est Mila que j'accuse,
Mila la favorite, une enfant du canton,
Qui rêve jour et nuit quelque amant de bon ton,
Veut quitter ce manoir, intrigue, persuade,

A vous tout le premier, que ma femme est malade,
Et rit du bon docteur qui croit à des chansons.
Comprenez-vous?

Il va se rasseoir.

LE PRIEUR, *à part.*

Grand Dieu, pardonne à mes soupçons!

Au comte.

Comte, je dois poursuivre, et vous devez m'entendre:
Un bruit autour de vous commence à se répandre.
On dit partout, qu'en proie à des rêves jaloux,
Abusant du pouvoir et des droits d'un époux,
Vous livrez sciemment, vengeance sûre et lente,
Au souffle qui la tue une femme innocente.
On vous saura demain prévenu du danger.

LE COMTE.

Qu'importe; si chacun me l'a vu partager?
Je n'ai pas fui cet air qui dessèche la lèvre,
Et tout nous est commun, l'exil comme la fièvre.

LE PRIEUR.

Eh! ne le vois-je pas? Dans vos yeux égarés,
N'ai-je pas lu déjà tout ce que vous souffrez?
Qu'un même feu vous brûle, et que, sûr de la suivre,
Si la comtesse meurt, vous n'entendez pas vivre?
C'est là votre projet, votre but, votre espoir.

LE COMTE.

Assez, mon père, assez!... Nous partirons ce soir.

LE PRIEUR.

Oui, sauvez-la, mon fils, elle est pure et fidèle;
De vous, de vos desseins, je n'ai rien su par elle.
N'écoutez que sa voix en vos jours soucieux;
Sienne, qu'en deux partis divisaient vos aïeux,

Crut en vous unissant mettre fin à leurs haines :
Méfiez-vous du sang qui coule dans vos veines.
Vous n'avez de témoins que moi, cet ange et Dieu,
Tout peut se retrouver... le bonheur même? Adieu.

A part, sur le seuil de la porte.

J'ai fait selon ma force et mon cœur, humble prêtre;
Dispose maintenant, toi qui seul es le maître.

Il sort.

SCÈNE III.

LE COMTE, seul.

Comme on devient un ange! Un air humble et contrit,
Un bon *meá culpâ*, deux mots, et tout est dit.
Oui, certe, ô repentir, ô seconde innocence,
Oui, par le sang du Christ, je connais ta puissance.
Un Dieu vainqueur et fort pardonne, je le crois,
A qui l'a pu trahir, à qui l'a mis en croix;
Mais moi vaincu, moi faible, il faut que je me venge
De cet enfant cruel que l'on appelle un ange,
Qui pleure, je le sais, un oubli d'un moment,
Mais qui mourrait plutôt que livrer son amant,
S'avoue en gémissant qu'elle me hait et l'aime,
Et repaît son amour de son repentir même.
Et je ne vaincrais pas ce silence obstiné!
Pourquoi l'ai-je connue et pourquoi suis-je né!
Je voulais mourir seul et chargé d'un seul crime,
Mais un instinct plus fort me pousse vers l'abîme;
Sans cesse, je la vois près de lui, jeune et beau,
D'une larme hypocrite honorant mon tombeau,
M'accordant par pitié quelque aride prière,
Tandis qu'il la possède et vit dans sa lumière,

Heureux de mon bonheur, riche de mon trésor...
La cruelle, grand Dieu! combien je l'aime encor!
Un mot la sauverait. Ce nom, pourquoi le taire?
Je pardonnerais tout, sans ce fatal mystère;
Je la laisserais vivre, et je mourrais content
D'avoir vu mon rival, face à face, un instant:
Mais, la livrer à lui, qui, peut-être à cette heure,
Rôde comme un fantôme autour de ma demeure;
A l'héritier jaloux qui convoite mon bien.
Oh! mourir sans croiser mon fer contre le sien!
Toi, qui vois mon supplice et ma force abattue,
Sois témoin que c'est lui qui la perd, qui la tue;
Toi, qui connais son nom, sois témoin, Dieu vengeur,
Que c'est lui qui m'a mis cet enfer dans le cœur!

On entend le son du cor.

On sonne... qu'est-encore?

Il va à la fenêtre.

Un cheval tout en nage.
Le cavalier se penche et remet un message.
Il repart. Ce varlet est monté comme un roi.
Il est aux Tolommei, sa livrée en fait foi.

Entre Flavio, qui lui remet une lettre.

SCÈNE IV.

FLAVIO, LE COMTE.

LE COMTE.

— Je ne me trompais pas, c'est bien de mon beau-père.

A Flavio, après avoir parcouru la lettre.

Flavio, l'on n'a rien dit à ce courrier, j'espere?

FLAVIO.

Pas un mot, monseigneur.

LE COMTE.

C'est bien ! retiens ceci :
Que personne, entends-tu, ne puisse entrer ici,
Aujourd'hui ni demain, et sois sur le qui-vive.
Sors !

Flavio sort.

SCÈNE V.

LE COMTE, *seul.*

Mon beau-père ici, demain. Soit ! qu'il arrive !
Quelque bruit à coup sûr est allé jusqu'à lui.
Demain, dit-il, et moi je réponds : Aujourd'hui !

Il reprend le livre et s'assied.

Viens, toi, mon conseiller... Que d'étranges images !
Cent douze. Bon, j'y suis.

Lisant.

« — Élixir des rois Mages.
« Ce poison très-actif, qui brise le cristal,
« Se conserve dans l'or ou tout autre métal,
« Différant en cela, par haine d'adversaire,
« De son contre-poison, qui fait tout le contraire.
« Ce dernier ronge l'or, ou tout autre métal ;
« Mais, par affinité, respecte le cristal.
« Bref : ce poison qui fleure une odeur excellente,
« Procure une mort douce et d'agonie exempte. »
— Je l'entends bien ainsi. — « Respiré seulement,
« Il agit à coup sûr, quoique plus lentement ;
« Mais il convient alors d'en augmenter la dose. »
— Rien de plus naturel, et c'est la moindre chose.

Avec une gravité sombre.

La science, aujourd'hui, marche à pas de géant ;

Amortir la douleur, enivrer en tuant!
Je l'ai donc ce poison par qui le sang se glace;
Qui ne fait point souffrir, ne laisse aucune trace;
Dont l'effet, au besoin, s'annule ou se suspend.
Bonne précaution : parfois on se repent.
Enfin, je vais la voir, et, cette fois, peut-être,
Sans ce honteux ressort, je pourrai tout connaître.
Peut-être, un mot loin d'elle écartant le danger,
Sur mon rival, au moins, pourrai-je me venger.
Ciel, témoin des combats que mon âme se livre,
Fais qu'il tombe en mes mains, pour qu'elle puisse vivre!
Mais respirons d'abord; j'ai besoin de sang-froid;
Gonflé de tant de fiel, mon cœur bat à l'étroit.
Il est trop tôt d'ailleurs, sa porte m'est fermée.

Au moment de sortir, il rencontre Mila, qui entre un bouquet à la main et recule effrayée à sa vue.

SCÈNE VI.

MILA, LE COMTE.

LE COMTE, *avec douceur.*

Eh! quoi! Mila, toujours l'offrande accoutumée!

MILA, *avec embarras.*

Monseigneur!...

LE COMTE, *prenant le bouquet.*

Quel éclat, quelles vives couleurs!
La Maremme pour vous a de bien belles fleurs.

MILA.

Mon fiancé...

LE COMTE.

Beppo? voyez le bon apôtre.

MILA.

Oh! non.

LE COMTE.

Luigi ?

MILA.

Non plus.

LE COMTE.

Comment, encore un autre ?
Il se nomme... Fort bien. Prenez garde, Mila :
Un secret, à seize ans.

A part.

Dieu ! quel feu je sens là.

A Mila.

Quand on ne nomme pas, petite, c'est qu'on aime.

A part et en passant à gauche.

Ce lis rouge n'est pas éclos dans la Maremme.
Un rustre n'eût pas fait ce bouquet-là si bien.
Peut-être cache-t-il quelque billet?... Non. Rien.
Un clerc m'a raconté, qu'au pays des Croisades,
Les fleurs étaient parfois de tendres ambassades,
Des messages d'amour assortis avec art,
Je charge celles-ci du mien.

Il répand un flacon sur le bouquet.

MILA, *à part.*

Dieu ! quel regard !
Mes fleurs se faneront, seigneur, grâce pour elles !
Rendez-les moi.

LE COMTE.

Jamais je n'en vis de plus belles.

MILA.

Aussi, pour les trouver, ai-je couru bien loin.
Me le reprochez-vous?

LE COMTE.

Te blâmer d'un tel soin !...
Reprends-les.

MILA.

Ah ! merci.

LE COMTE, reprenant vivement les fleurs que Mila s'apprête à respirer.

Mais non. Rien ne me presse,
Et je les veux moi-même offrir à la comtesse.
Va, mon enfant, dis-lui que je l'attends ici.

MILA.

O monseigneur ! combien vous êtes mieux ainsi !

Elle entre dans l'appartement de la comtesse.

SCÈNE VII.

LE COMTE, seul.

Ils sont tous contre moi, mais pas un ne se livre.
Cette enfant elle-même, en vain je l'ai fait suivre ;
Ils s'entendent si bien entr'eux pour me trahir !
Pourtant, si près du but, je me sens défaillir.

Regardant le bouquet.

Pauvres fleurs ! Dans chacune on dirait une larme.
Oui, pleurez, pleurez-la ! Leur beauté me désarme.
Cachons-les-lui, partons ; qu'elle vive aujourd'hui !...
Mais, peut-être, est-ce encor quelque présent de lui !
Peut-être, hier, lui-même, il les cueillit pour elle ?
N'importe ! Cette mort serait par trop cruelle.
Fuyons !

SCÈNE VIII.

FLAVIO, LE COMTE.

FLAVIO, *sur le seuil de la porte.*

Seul ?

LE COMTE.

Parle bas.

FLAVIO, *descendant en scène.*

Un de nos gens est là,
Qui, ce matin, a vu, près de Civitella,
Un gros de cavaliers en attirail de guerre,
Marchant sur le château.

LE COMTE, *à part.*

Quoi ! déjà mon beau-père !

FLAVIO.

En prenant la traverse, il les a devancés,
D'une heure au plus.

LE COMTE.

C'est bien. Une heure, c'est assez.

FLAVIO.

Ah ! j'oubliais : l'un d'eux a remis, sur la route,
Un bouquet à Mila, qui l'attendait sans doute.

LE COMTE.

Un bouquet !

A part.

Celui-ci. Quoi ! le père et l'amant,
Contre moi tous les deux ? Ah ! c'est trop d'un vraiment.

A Flavio.

Va retrouver cet homme, et dis-lui de m'attendre.

Flavio sort.

SCÈNE IX.

LE COMTE, *seul.*

Ah ! comte Tolommei, vous vouliez nous surprendre,
Mais on a l'œil à tout, et l'on sait son devoir.
Je vais me préparer à vous bien recevoir.

Il pose le bouquet sur la table et sort par le fond.

SCÈNE X.

MILA, LA COMTESSE.

MILA.

Eh ! bien. Personne? Il part. Et mes fleurs? Quelle honte !

LA COMTESSE.

Je vous l'ai dit, Mila, n'accusons pas le comte ;
Il souffre, sans se plaindre, au moins autant que moi.
Son humeur s'en ressent.

MILA.

Et nous aussi.

LA COMTESSE, *avec douceur.*

Tais-toi.
Et, sans autre détail, enfant, qu'il te souvienne
Qu'il expie avec moi ma faute et non la sienne.
Retiens bien cet aveu, ma fille, et, quelque jour,
Quand nous aurons quitté ce manoir, sans retour,
S'il plane sur ces murs quelque sombre légende,
Si quelqu'un est maudit, que ta voix le défende !
Répète ce secret que je fie à ton cœur,
Et protége pour moi le comte et son honneur.

MILA.

Pour vous?... J'obéirai; mais, de force ou de ruse,
On ne fera jamais que Mila vous accuse.

LA COMTESSE.

Laissons cela. Je souffre un peu moins aujourd'hui,
Et je marche déjà presque sans ton appui.
J'ai pris quelque plaisir à me sentir parée.
Mène-moi voir le ciel.

Elle s'approche de la croisée.

Italie adorée!
Pins aux larges sommets, chênes verts aux troncs noirs,
Que je vous aime! Et vous, tranquilles abreuvoirs,
Où viennent à la file, écrasant les pervenches,
Les buffles à l'œil sombre et les génisses blanches.
O terre dont émane un air doux et mortel,
Et qui, sous l'œil de Dieu, fumes comme un autel.
Mer d'azur et d'argent, horizon diaphane,
Je t'aime et te bénis, ô Maremme toscane,
Et, pourtant, je l'avoue, il est un autre lieu
A qui j'aurais voulu dire un dernier adieu;
O ciel, exauce-moi, fais-le-moi voir encore,
Qu'un instant mon déclin reflète mon aurore!
Rends ma belle patrie à mes yeux ranimés...
Mais, tu m'as entendue : ô jardins embaumés!
Flots naissant de l'Ombrone où le saule se plonge,
Est-ce bien vous encore? .. Oui, ce n'est pas un songe.
C'est un réveil plutôt... Quel bonheur de courir
Sur ces gazons touffus!... Qui parlait de mourir?

MILA.

Hélas!

LA COMTESSE, *avec égarement.*

Noble manoir debout sur des ruines!

— La guerre a passé là. — Vois ses tourelles fines,
Vois ses murs tapissés de lierre et de jasmins,
Fatiguant de leur poids ses fondements romains.
Hélas! peut-être un jour, en des âges moins sombres,
Lui-même il ne sera que poussière et décombres.
Vois, Mila, ses fossés peuplés de cygnes blancs,
Le donjon répété par ces reflets tremblants,
Le pont-levis baissé, l'écusson de famille...
Ce vieillard! c'est mon père, il reconnait sa fille;
Il m'appelle!... Courons!... Qui donc me retient là?
C'est mon père, entends-tu? Laisse-moi donc, Mila?
Mon père!... Ah! des barreaux! Où suis-je donc? quel rêve!
C'est mourir trop longtemps. Grâce! ou bien qu'on m'achève!

Mila l'aide à aller au fauteuil à droite, où elle s'assied.

Qu'ai-je dit!... Non, c'est mal. Enfant, sèche tes pleurs.

MILA, voyant le bouquet sur la table.

Non, laissez-moi pleurer... Mais regardez mes fleurs!

LA COMTESSE, assise et tenant le bouquet à la main.

Comme l'on est jugé! Voyez, tête légère?
Il m'a laissé vos dons; il reviendra, j'espère.
Attentif et discret, timide par fierté,
Jadis, rien n'égalait ses soins et sa bonté.
Et, pourtant, comme toi, je tremblais à sa vue,
Lorsque je l'épousai, résignée et vaincue.
Un rêve, il le savait, me disputait à lui;
Et ce qu'il dut souffrir, je le sens aujourd'hui.
Mais il fut tout d'abord si soumis et si tendre,
Aux délais de mon cœur si prompt à condescendre,
Que l'amant chaque jour le cédait à l'époux.
Tu connaîtras un jour ce devoir grave et doux,
Ce charme impérieux, chaîne légère et sainte
Où l'amour est mêlé de respect et de crainte.

Mais ces fleurs, mon enfant, où donc les trouves-tu?
Quoi! tu ne réponds pas...

MILA.

On me l'a défendu...
Aussi le saurez-vous. Ai-je rien à vous taire?

A part.

J'ai bien juré pourtant!... Puissé-je la distraire!
Apprenez donc qu'un jour, seule au bord d'un ruisseau,
Je vis sur l'autre rive un glaïeul, mais si beau,
Que, brûlant de l'avoir, empressée et craintive,
J'entrais déjà dans l'eau, pieds nus, quand, de la rive,
Se dresse tout à coup un homme devant moi.

LA COMTESSE.

Un bandit?

MILA.

Un seigneur.

LA COMTESSE.

Ah! je tremble... pour toi.

MILA.

Pour qui ces fleurs? dit-il.—Seigneur, pour ma maîtresse.
Et lui : Servirais-tu cette noble comtesse,
Que son époux, dit-on?... — Mais je me tais pour vous.

LA COMTESSE

Il disait...

MILA.

Il disait ce que nous savons tous,
Et, de plus, il jurait, ce dont je suis bien sûre,
Que nulle sainte au ciel plus que vous n'était pure;
Et que, sans vous connaître, il me l'a dit ainsi,
Il mourrait de grand cœur pour vous tirer d'ici;
Et mille questions faites d'un air si tendre!...

LA COMTESSE.

Et tu lui répondais? tu restais à l'entendre?

MILA.

Il me parlait de vous... Puis, en m'interrogeant,
Il gardait mes souliers à paillettes d'argent,
Que, pour entrer dans l'eau... Cela vous fait sourire?
Devais-je m'en aller pieds nus? Bref: pour tout dire,
Je n'ai pu le quitter qu'en lui promettant bien,
Pour le jeudi suivant, un nouvel entretien.

LA COMTESSE.

Ah! folle! et ce jeudi, c'est aujourd'hui.

MILA.

Sans doute.

LA COMTESSE.

Tu n'iras pas...

MILA.

J'en viens... A cheval, sur la route,
Armé de pied en cap, il m'a donné ces fleurs...
Quoi! vous les repoussez, madame?

LA COMTESSE, à part.

Je me meurs.

MILA.

Voilà ce qu'il craignait. — Si leur beauté l'étonne,
M'a-t-il dit ce matin, et qu'elle te soupçonne,
Sans lui parler de moi, ni d'amis oubliés,
Dis, en lui défendant de les fouler aux pieds,
Que ce bouquet, présent d'une main étrangère,
Parait, hier encor, les jardins de son père.

LA COMTESSE.

De mon père, as-tu dit? O souvenir vainqueur!
Je puis donc librement le presser sur mon cœur,

Respirer, sans rougir, son parfum qui m'enivre!
Les jardins de mon père! Ah! je me sens revivre!
Les belles fleurs, Mila! Si je meurs, souviens-toi
Que je veux au tombeau les avoir près de moi.
Vois l'or de ces genêts et l'éclat de ces roses.
Certes, en tous pays Dieu fait de belles choses,
Mais on ne verra point, je crois, sous d'autres cieux,
L'égal de ces jardins plantés par mes aïeux.
Ce smilax a dû boire aux sources de l'Ombrone.
Vois sa tige flexible arrondie en couronne.
On aimait, sur mon teint, sa feuille au sombre émail,
Et, sur mes cheveux noirs, ses grappes de corail.
Pose-le sur ton front.

MILA.

Non, mais sur un plus digne,
Par sa douce fierté, par sa blancheur de cygne.

LA COMTESSE, pendant que Mila, passée derrière elle est occupée à l'ajuster.

Croirais-tu, mon enfant, que loin, bien loin d'ici,
Il se trouve des cœurs, rarement, Dieu merci,
Assez flétris par l'air et l'ennui de nos villes,
Des hommes et parfois des femmes assez viles,
Pour mêler des poisons aux parfums d'une fleur?

MILA, à part.

Que dit-elle? Grand Dieu! Des poisons... sa pâleur...

Elle enlève vivement le bouquet des mains de la comtesse; le comte, entré depuis un moment, le prend à Mila qui se retourne en jetant un cri.

Ah!

SCÈNE XI.

LE COMTE, MILA, LA COMTESSE.

LE COMTE.

Qu'est-ce donc, Mila?

Il respire le bouquet d'un air calme; Mila, rassurée, exprime sa joie par un geste; ce jeu muet échappe à la comtesse.

Comme vous voilà belle,
Comtesse!

A Mila.

Ne rentrez que si l'on vous appelle.

Mila sort.

SCÈNE XII.

LE COMTE, LA COMTESSE.

Le comte rend le bouquet à la comtesse; celle-ci le pose précipitamment sur la table.

LE COMTE.

Pour jeter ce bouquet d'un air triste et fâché,
Je vois qu'il vous suffit que ma main l'ait touché.
Pardonnez...

LA COMTESSE.

Quoi! toujours quelque ironie obscure?
Vous me connaissez mal, comte, je vous le jure.
Dès que vous paraissez, que m'importent des fleurs?
Mes yeux cherchent d'abord vos yeux brûlés de pleurs;
J'y suis avec effroi le mal qui vous déchire,
J'y cherche, hélas! en vain, la lueur d'un sourire.
Ah! pour l'y rallumer, ne fût-ce qu'un instant,

Pour vous voir aujourd'hui moins sombre en m'écoutant,
Pour calmer un seul jour ces tourments que je cause,
Je donnerais ma vie... hélas! bien peu de chose.

LE COMTE.

Oh! je n'en doute pas. La mort, c'est votre espoir;
Vous vous parez déjà pour la bien recevoir,
Vous vous entretenez jour et nuit avec elle,
Vous lui donnez des traits qui vous la rendent belle;
La tombe n'est pour vous qu'un lit frais et charmant,
Et vous vous y couchez voluptueusement.

LA COMTESSE.

Vous vous trompez toujours, et dans ce moment même
La vie est un tyran qui vous blesse et qu'on aime.
Ah! qu'avec joie encor je m'y rattacherais
Si vos ressentiments cédaient à mes regrets,
Si dans votre ombre assise, hélas! comme naguère,
Mes jours coulaient en paix entre vous et mon père.
En me jugeant, Nello, vous oubliez souvent
Qu'avant de tant souffrir, j'étais presque un enfant.
Veuillez-le seulement, et je suis prête à vivre.

LE COMTE.

Oh! dites résignée, et laissez-moi poursuivre :
Je ne m'abuse pas, vous mourez sans regret,
Ferme et, sur votre cœur, serrant votre secret;
Trop fière pour souiller ni mon nom ni le vôtre,
Mais trop pleine du sien pour en garder un autre.
D'ailleurs, que vous importe et ce monde et le jour?
Dans le fond de votre âme est un bien autre amour.
Oui, je suis fait ainsi, jaloux jusqu'au blasphème,
Au-dessus d'un rival soupçonnant Dieu lui-même.
Car je n'ignore pas que la nuit du tombeau,

Chrétienne, à votre foi garde un monde plus beau.
Là, celui qui fit grâce à la femme adultère,
Vous sauve par sa croix, comme il sauva la terre,
Et son pardon vous ouvre, au delà du trépas,
Ce royaume du ciel où je ne serai pas.

LA COMTESSE, se levant

Vous m'effrayez, Nello; votre raison s'égare.

LE COMTE.

Non, la mort vous sourit, si la mort nous sépare.

Il s'assied à gauch

LA COMTESSE, allant au comte.

En vérité, Nello, vous me désespérez.
Quittez ces noirs chemins ou vous nous y perdrez :
Ouvrez les yeux au jour, connaissez votre femme.
Je n'ai pas la grandeur sauvage de votre âme,
Mes ruses, mes calculs ne vont pas aussi loin
Que vous croyez, je vis et meurs à moins de soin,
Et la mort, à mes yeux, vue à travers les larmes,
Est autant que la vie, et n'a pas plus de charmes.
Si vous vouliez, pourtant, oh! oui, si vous vouliez
Pardonner à des torts durement expiés,
Oh! que vous pourriez bien me faire aimer la vie,
En lui donnant un but, une orgueilleuse envie,
L'espoir, même lointain, de vous reconquérir.
Alors, oh! pour le coup, j'aurais peur de mourir.
Ce serait, pour tous deux, une œuvre sainte et belle,
Que de gravir ainsi cette route nouvelle,
Bravement, l'un par l'autre à vivre encouragé,
Portant notre fardeau chaque jour allégé.
Les premiers pas se font sur une pente raide,
Mais on a tant de force, à deux, quand on s'entr'aide!

Avec le temps, d'ailleurs, si le cœur n'est point las,
On peut trouver encor...

LE COMTE.

Grâce! n'achevez pas.

A part.

Quel mal elle me fait! O sexe impénétrable!
A l'entendre, à la voir qui la dirait coupable?

A la comtesse.

Ainsi mes cruautés, mes projets odieux,
Pourraient être, à la fin, rachetés à vos yeux?
Ah! si je l'espérais!...

LA COMTESSE.

Je vois votre pensée :
La chose vous paraît impossible, insensée
Peut-être... difficile, oh! je ne dis pas non.
Qu'un homme, un chevalier qui porte votre nom
S'enfonce en un désert pour y tuer sa femme,
Un tel fait, dans le monde, est tenu pour infâme;
Mais ce jaloux, cruel, horrible aux yeux de tous,
Sa victime peut bien le voir d'un œil plus doux.
Un tel égarement, un si sombre délire,
Est digne de pitié pour celle qui l'inspire,
Et, quand cet homme, brave et pur jusqu'à ce jour,
N'est tombé de si haut que poussé par l'amour,
Si, ramené par lui, maître enfin de soi-même,
Il veut bien pardonner, et demander qu'on l'aime,
Alors...

LE COMTE.

Eh bien?

LA COMTESSE.

Alors, à ce couple sauvé,
S'offre encor le bonheur dans un lointain rêvé.

LE COMTE, *se levant.*

Et vous me suivriez dans ce pèlerinage ?

LA COMTESSE, *avec effort.*

J'essaierais.

LE COMTE.

Ah ! vraiment, vous auriez ce courage ? ..
Mais l'autre, ce rival qui, sauvé par la nuit,
Au pied de ce balcon, vous parlait et s'enfuit ;
Ce cavalier qu'emporte, avec son manteau sombre,
Un cheval dont le fer jette des feux dans l'ombre,
Qu'à travers les festons de vos balustres d'or
Cherche et poursuit longtemps votre œil humide encor ;
Que, seul, votre silence a soustrait à ma rage,
Madame, répondez : serait-il du voyage ?

La comtesse se cache le visage dans ses mains ; le comte poursuit en marchant à grands pas dans la salle.

Ce spectre qui, la nuit, bourreau de mon sommeil,
S'assied sur ma poitrine et s'enfuit au réveil ;
Cet homme à qui j'ai, moi, serré la main peut-être ;
Ce masque disparu sans qu'on l'ait pu connaître,
Mais qui ne s'en va point sans vous crier, tout bas,
De sa voix déguisée : elle ne t'aime pas.

LA COMTESSE, *avec anxiété.*

Nello !

LE COMTE, *avec égarement.*

Qui, le matin, en prolongeant la fête,
Heureux de sa jeunesse et fier de sa conquête,
Parmi ses compagnons envié comme un roi,
Au milieu d'un festin me nomme et rit de moi,
Et, couronné de fleurs, dans une double ivresse,
A nos amours ! dit-il, à ma belle comtesse !

LA COMTESSE.

Nello !

Elle tombe presque évanouie aux pieds du comte.

LE COMTE.

Ciel ! Qu'ai-je fait ?

Il la relève et la conduit jusqu'au fauteuil à droite, où elle s'assied accablée.

LA COMTESSE.

Pourquoi vous effrayer ?
Je meurs, Nello, c'est tout : ce coup est le dernier.
Pourtant je veux parler, et si près de paraître
Aux pieds d'un meilleur juge, on me croira peut-être.
Je jure devant Dieu, je jure, entendez bien,
Que mon seul crime fut ce fatal entretien ;
Que je ne l'accordai, tremblante et menacée,
Que par compassion pour une âme blessée ;
Il prévenait un crime, et ne fut qu'un adieu
A ce premier amour dont je vous fis l'aveu.

LE COMTE.

Ainsi, c'était ?...

LA COMTESSE.

L'objet de cet amour d'enfance
Que j'avais cru devoir vous confier d'avance.
Premier rêve du cœur, souvenir triste et doux,
Qui, malgré moi, d'abord, me disputait à vous,
Et, cédant à vos soins, affaibli par l'absence,
Déjà se laissait vaincre à ma reconnaissance,
Quand un retour subit, la surprise, l'effroi...
Oh ! j'eus tort ; mais, enfin, que voulait-il de moi ?
Me voir un seul instant, recevoir de ma bouche
Un arrêt moins cruel, un adieu moins farouche.
Les cœurs sont faits ainsi, ne le savez-vous pas ?

LE COMTE.

Un arrêt ! un adieu ! Qui me le prouve, hélas !

LA COMTESSE.

Le serment que j'en fais à cette heure suprême,
L'exil où je languis, ces barreaux, et vous-même.

LE COMTE.

Laissons là ces barreaux, inutiles gardiens :
L'amour, pour les forcer, n'a-t-il pas cent moyens?
Manque-t-il, au besoin, d'oiseau qui les franchisse?
Une flèche, un bouquet, tout lui sert de complice.

LA COMTESSE.

Je vous entends : Nello, tout m'accuse à la fois.
Je ne me défends point, mais écoutez ma voix :

Elle le fait retourner doucement.

Lisez dans mon regard, quand le vôtre m'accable,
Et, dites, ai-je l'air d'une femme coupable?

LE COMTE.

Non, le crime jamais n'eut de pareils accents ;
Vous ne me trompez pas, je le crois, je le sens ;
Tout le reste n'est rien. Quels soupçons ne repousse
Ce regard, cette voix si profonde et si douce?
Ah ! vous ne savez pas combien ce cœur jaloux,
Depuis longtemps, Pia ! n'attend qu'un mot de vous ;
Comme il se reprend vite à des rêves sans nombre,
Dès que vos yeux plus doux rayonnent dans son ombre.
Ainsi, j'aurais pu vivre et mourir à vos pieds ;
Soit pitié, soit devoir, n'importe ! vous m'aimiez :
Je touchais au bonheur, ma tendresse jalouse
Regagnait votre cœur de chrétienne et d'épouse,
Quand cet homme en un jour...

LA COMTESSE.

Il n'a pu me changer.

LE COMTE.

Mais répondez, alors : pourquoi l'encourager?
Fier de votre silence, il attend, il espère;
Il croit que vous l'aimez en secret...

LA COMTESSE.

Comme un frère.

LE COMTE.

C'est trop pour moi, madame, et pas assez pour lui.

LA COMTESSE.

Il n'attend, croyez-moi, rien de plus aujourd'hui :
Respectant votre honneur, il me force à le plaindre;
Mais je le haïrais, si je pouvais le craindre.

LE COMTE.

Pardieu! vous redoublez mon désir de le voir!
Mais ce héros, ce frère esclave du devoir,
Il a brisé ma vie, il a perdu mon âme,
Et je ne vous croirai, sachez-le bien, madame,
Que si vous me livrez cet homme par son nom.
Notre vie en dépend : y consentez-vous?

LA COMTESSE.

Non.

LE COMTE, *s'adoucissant.*

Et, si je vous jurais sur mon honneur, comtesse,
De l'oublier ce nom dont le secret me blesse,
Ou, faute d'en bannir le souvenir rongeur,
D'étouffer tout dessein hostile dans mon cœur?

LA COMTESSE.

Hélas!

LE COMTE.

Car, voyez-vous, ce dangereux mystère
Me ferait soupçonner jusqu'à mon propre frère.
Jadis, il vint à Sienne... Ah! vous avez souri.

LA COMTESSE.

Moi? ciel!

LE COMTE.

Eh! pourquoi pas, à tout prendre?... Un mari!
Je deviens fou, d'ailleurs : mon frère était à Rome...
Et tant mieux, car vraiment je ne sais pas un homme
Que je ne fusse prêt à tuer aujourd'hui
Pour vous jeter son cœur et vous dire : est-ce lui?

LA COMTESSE.

Aussi ce nom, seigneur, saurai-je vous le taire.
La vengeance est chez vous un mal héréditaire,
Et, quoique vous juriez, un jour, un jour viendrait
Où, parole et serments, rien ne vous retiendrait.

LE COMTE.

Ah! comme vous l'aimez.

LA COMTESSE.

Je vous épargne un crime
A tous deux.

LE COMTE.

En faisant une double victime.

LA COMTESSE.

Puissé-je périr seule en cet affreux duel,
Et sauver en mourant l'un de vous deux.

LE COMTE.

Lequel?
Lui seul, vous le savez. Mais je lis dans votre âme :

On ne cache si bien qu'un lâche ou qu'un infâme.
L'orgueil mieux que l'amour vous retient, je le vois;
Au fond, vous rougissez de quelque indigne choix.
Le nom de mon rival...

LA COMTESSE, *se dressant lentement devant lui.*

Marche l'égal du vôtre,
Et, si je renaissais, je n'en voudrais point d'autre;
Car celui qui le porte aurait droit mieux que vous
De dédaigner ce rang dont le monde est jaloux,
Et, pauvre et sans aïeux, fût-il né sous le chaume,
Son épée, au besoin, eût conquis un royaume;
Vaillant, mais redouté de ses seuls ennemis,
A ma gloire, à la vôtre, à son malheur soumis,
Il n'eût pas, dans les fils de quelque trame obscure,
Serré sa proie, ainsi que l'araignée impure,
Pour la ronger sans bruit, sûrement, lentement;
Égaré par l'amour, époux ou bien amant,
S'il eût voulu tuer, il eût tué d'un geste,
Sans se faire, en secret, complice de la peste.

LE COMTE, *avec fureur.*

Tremblez!

LA COMTESSE.

Moi, Tolommei? Ne plaisantez donc pas.
Nos aïeux ont lutté jadis en maints combats;
Ne vous souvient-il plus de mon père et du vôtre
Où voit-on que l'un d'eux ait tremblé devant l'autre?
A vous, homme, leur force, à moi, femme, leur cœur.
Tuez, n'outragez pas, vengez-vous en seigneur.
Mon corps vous est livré pour expier ma faute,
Détruisez la maison, mais n'insultez pas l'hôte.
Surtout, ah! croyez-moi, laissez en paix ce nom,
Que vous ne saurez pas, ni personne, ou, sinon,

Quand Dieu m'ayant compté ce jour expiatoire,
Aura réduit ma peine aux feux du purgatoire,
Moi, Pia Tolommei, moi qui n'accuse pas,
Qui, seule, ai défendu votre honneur ici-bas,
J'élèverai là haut de tels accents de plainte,
Que du monde invisible ils forceront l'enceinte,
Et, qu'un poëte un jour, revenu des enfers,
Pour juge à vos fureurs donnera l'univers.

LE COMTE.

Défendez votre amant, insultez-moi, madame!

LA COMTESSE.

Comte Della Pietra, je défends votre femme;
Je défends, contre vous, votre honneur et le mien...
Mais, je souffre, bornons ce pénible entretien,
Où, des deux parts, sentant notre fierté blessée,
Peut-être avons-nous dit plus que notre pensée.
Et d'ailleurs, à quoi bon? le voile est arraché:
Je connais à présent les clauses du marché :
Mourir, ou dénoncer l'objet de votre haine.
Mon choix est fait : la mort, et je la sens prochaine.

LE COMTE.

Vous ne m'abusiez pas : j'attendais un refus.
Encore un mot, pourtant, et je n'insiste plus :
Votre père...

LA COMTESSE.

Mon père!

LE COMTE.

Instruit de vos souffrances,
Des torts que l'on m'impute, et non de mes offenses.

LA COMTESSE.

Il arrive?...

LE COMTE.

Aujourd'hui.

LA COMTESSE.

Mon père! Je verrai
Mon père, il se pourrait? Et je vous le devrai,
Comte!...

LE COMTE.

Voyez le sceau de sa lettre et la date.

LA COMTESSE.

Je vous crois, je vous crois. Combien j'étais ingrate!

LE COMTE.

Moins que vous ne pensez, je vous en fais l'aveu,
Et ces regrets tardifs, je les mérite peu.
Votre père doit être ici dans moins d'une heure.
Sachez-le bien, pourtant, qu'il me tue ou qu'il meure
Vous ne le verrez pas.

LA COMTESSE.

Qui serait assez fort
Pour oser s'élever entre nous deux?

LE COMTE.

La mort,
La mort, qui, sur vos yeux, descend comme un nuage.

LA COMTESSE.

Qui vous dit mes tourments?

LE COMTE.

Mon cœur qui les partage,
Mon sang, comme le vôtre, en mes veines glacé,
Par le même poison.

LA COMTESSE.

Quelle main l'a versé?

LE COMTE.

La mienne, dans ces fleurs que soupçonnait ma haine.

LA COMTESSE.

Dans ces fleurs ! Juste ciel ! — J'ai mérité ma peine.
Oh! oui, c'est bien la mort : je le sens plus d'espoir !.
Mon père !...

LE COMTE.

Écoutez-moi, vous pouvez le revoir.
Vous pouvez encor vivre et charmer sa vieillesse.

LA COMTESSE.

Ah ! vous me trompiez donc !

LE COMTE.

Non. J'ai dit vrai, comtesse ;
Mais ma force s'épuise en vous voyant souffrir ;
La main qui fit le mal peut encor le guérir :
Ce parfum...

LA COMTESSE.

Laissez-moi.

LE COMTE.

Vivez pour votre père,
Il l'ordonne... écoutez cette marche de guerre.
C'est l'air des Tolommei.

LA COMTESSE.

Oui, c'est l'air que j'aimais.
Ah! je veux vivre encor! Donnez!

Elle saisit le flacon et va le respirer.

LE COMTE, l'arrêtant.

Son nom?

LA COMTESSE, rejetant le flacon.

Jamais.

LE COMTE, *tirant son épée.*

Morte avec son secret! Ma vengeance est trahie.
Ah! maintenant, du moins, vendons cher notre vie!
Mais! tout marche et me suit; le fer manque à mon bras...
Flavio!

FLAVIO, *qui entre précipitamment.*

Seigneur, vos gens ont mis les armes bas.
Le comte Tolommei...

LE COMTE.

Ne le fais pas attendre,
Qu'il vienne, il trouvera sa fille avec son gendre.

Il tombe et meurt aux pieds de la comtesse.

FIN.

PARIS. — IMPRIMERIE J. CLAYE ET Cᵉ, RUE SAINT-BENOÎT, 7.

CHEZ LES MÊMES ÉDITEURS

format grand in-18 anglais.

F. PONSARD

Lucrèce, tragédie en 5 actes, en vers....................	1 fr. 50
Agnès de Méranie, tragédie en 5 actes, en vers.........	1 50
Charlotte Corday, tragédie en 5 actes, en vers..........	1 50
Horace et Lydie, comédie en 1 acte, en vers	1 »
Ulysse, tragédie en 5 actes, en vers......................	2 »
L'Honneur et l'Argent, comédie en 5 actes et en vers...	2 »

ÉMILE AUGIER

Gabrielle, comédie en 5 actes et en vers................	2 fr. »
La Ciguë, comédie en 2 actes et en vers.................	1 50
L'Aventurière, comédie en 5 actes et en vers............	1 50
L'Homme de bien, comédie en 3 actes et en vers.......	1 50
L'Habit vert, proverbe en 1 acte.................	1 »
La Chasse au roman, comédie en 3 actes.............	1 50
Sapho, opéra en 3 actes..............................	1 »
Diane, drame en 5 actes et en vers....	2 »
Les méprises de l'Amour, comédie en 5 actes et en vers	1 50
Philiberte, comédie en 3 actes et en vers............ ...	1 50

JULES SANDEAU

Mademoiselle de la Seiglière, comédie en 4 actes et en prose..................	1 fr. 50

MADAME ÉMILE DE GIRARDIN

Cléopâtre, tragédie en 5 actes et en vers................	1 fr. »
C'est la faute du Mari, comédie en 5 actes et en vers...	1 »
Lady Tartuffe, comédie en 5 actes et en prose...........	2 »

HENRY MURGER

Le Bonhomme Jadis, comédie en 1 acte et en prose....	1 fr. »

PARIS. — IMPRIMÉ PAR J. CLAYE ET Ce, RUE SAINT-BENOÎT, 7.

www.ingramcontent.com/pod-product-compliance
Ingram Content Group UK Ltd.
Pitfield, Milton Keynes, MK11 3LW, UK
UKHW020508180726
13839UKWH00004B/1967

9 782329 361635